¡Un Beso de Buenas Noches!

Amy Hest   Ilustrado por **Anita Jeram**

Traducido por **Esther Rubio**

Era una noche
oscura y fría,
en la calle del Prado.

En la casita blanca,
Mamá Osa había acostado
ya a Sam.

—¿Listo, Sam?
—No, no —dijo Sam—.
Falta algo.

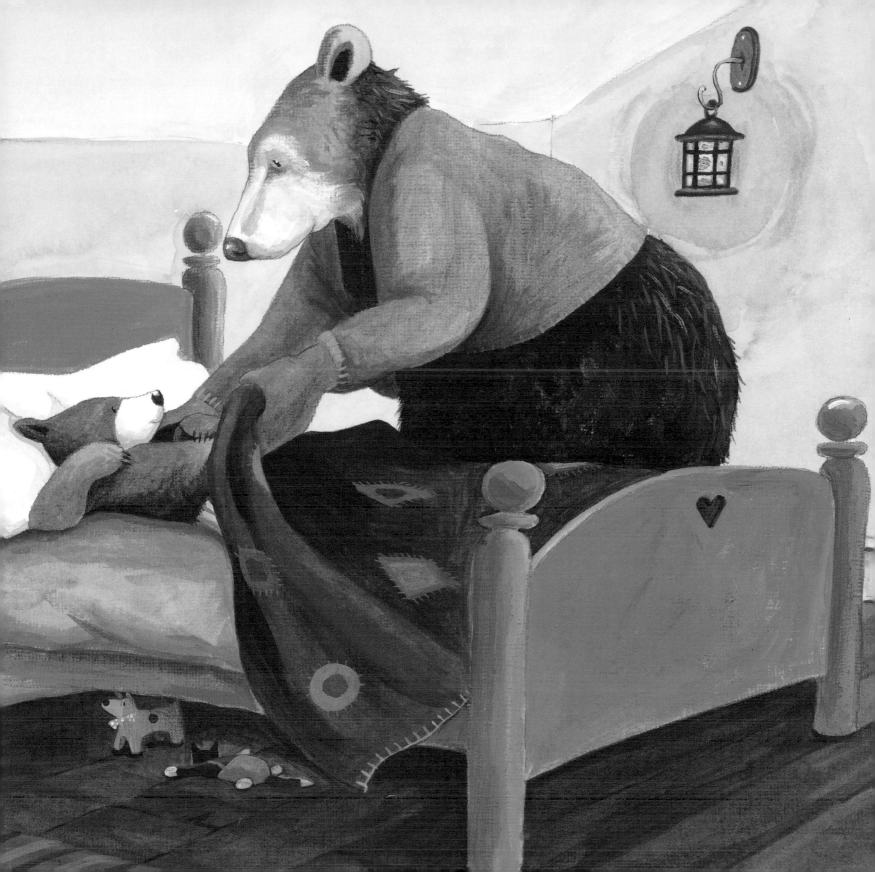

Mamá Osa se sentó en la cama con Sam.
Leyeron juntos su libro favorito y se sabían todas las palabras de memoria.

Después, Mamá Osa lo arropó con
la manta roja, por un lado y por otro,
y por debajo de los pies
para que no tuviera frío.
Afuera el viento soplaba con fuerza.
Uuhh, uuhh.

—¿Listo, Sam?
—No, no —dijo Sam—.
Falta algo.

Mamá Osa le llevó todos sus muñecos
de peluche, los colocó junto a Sam,
arropándolos con la manta roja.
Afuera caía la lluvia.
Hacía plof en el tejado.
Plof, plof, en las ventanas.
Y el viento soplaba.
Uuhh, uuhh.

—¿Listo, Sam?
—No, no, —dijo Sam—.
Falta algo.

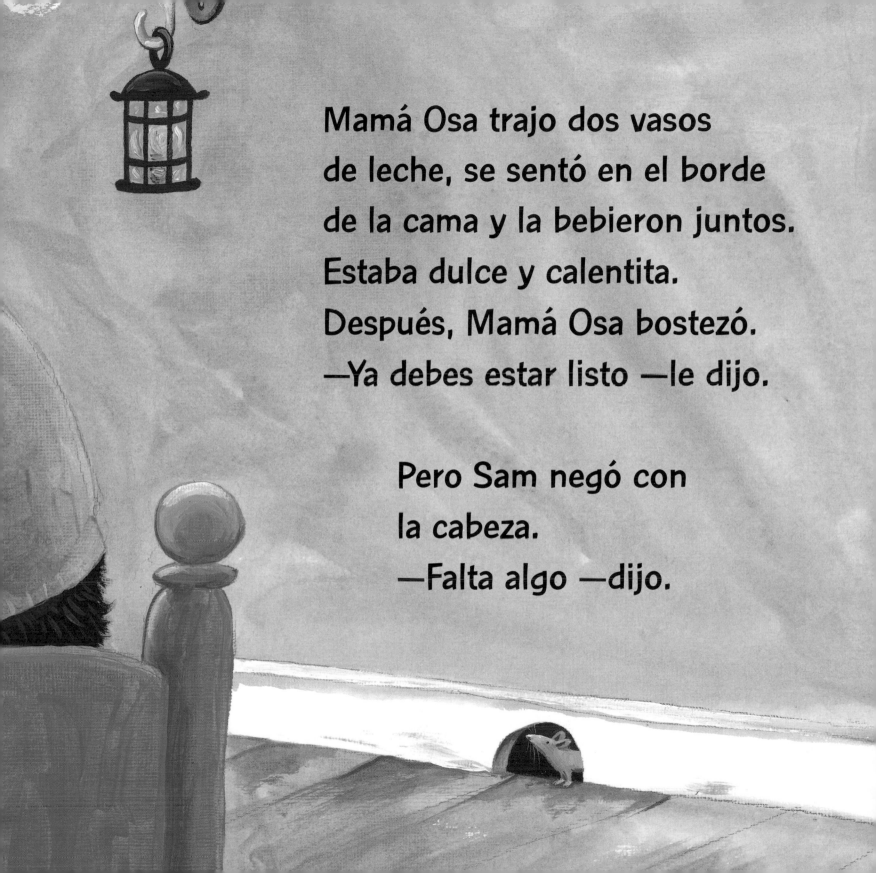

Mamá Osa trajo dos vasos
de leche, se sentó en el borde
de la cama y la bebieron juntos.
Estaba dulce y calentita.
Después, Mamá Osa bostezó.
—Ya debes estar listo —le dijo.

Pero Sam negó con
la cabeza.
—Falta algo —dijo.

—Hmmmm —dijo Mamá Osa—.
A ver, déjame pensar...hemos leído
un libro, te arropé con la manta,
te traje los muñecos de peluche,
te tomaste la leche.
¿Qué falta?

—Tú sabes —contestó Sam.

—Hmmmm —dijo Mamá Osa—.
Libro...manta...
muñecos...leche...
Libro...manta...
muñecos...leche...

Sam esperó
y esperó.

Y entonces, por fin,
Mamá Osa dijo:
—¡Ya sé!
¡Un beso de buenas noches!

Y se inclinó y le dio
un beso a Sam
y otro
y luego dos más.

Y Mamá Osa se inclinó
y le dio un beso
y otro
y luego dos más.

Afuera soplaba el viento

y caía la lluvia.

En la casita blanca,
Mamá Osa apagó la luz
y susurró:
—Buenas noches, Sam
Buenas noches...

Y Sam se quedó dormido.
En una noche oscura y fría
en la calle del Prado.

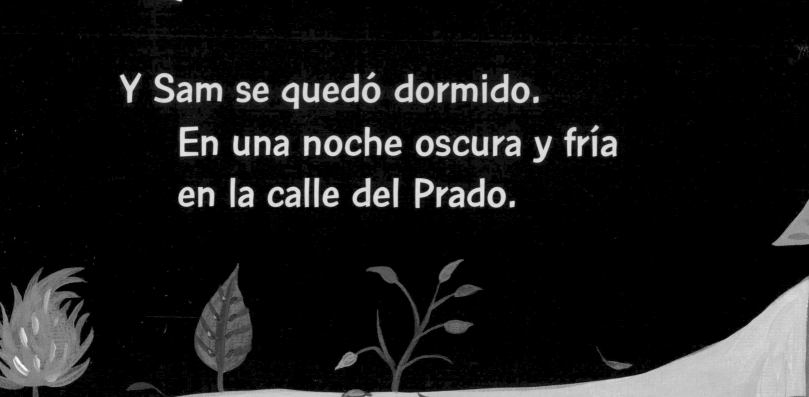

A Sam, y tú sabes por qué ~ A.H.

A Kathy ~ A.J.